CW01507441

Cat 215

DU MÊME AUTEUR

Le fruit de vos entrailles, éditions Toute Latitude, 2006

Le Gâteau mexicain, éditions Toute Latitude, 2008

Fakirs, éditions Viviane Hamy, 2009

Le mur, le Kabyle et le marin, éditions Viviane Hamy, 2011

Trois mille chevaux vapeur, éditions Albin Michel, 2014

Battues, La Manufacture de livres, 2015

ANTONIN VARENNE

Cat 215

J'étais dans le garage quand le téléphone a sonné, j'ai essuyé mes mains sur un chiffon et attrapé l'appareil au milieu des outils. Quand j'ai raccroché, j'ai regardé ma voiture capot ouvert, j'ai fait le calcul des réparations, de ce que ça coûtait d'être fauché, de n'avoir que du matériel qui tombait en rade. Il fallait trois ronds, toujours, on en était là. Trois ronds.

La lumière de la cuisine était allumée, le jour commençait à se lever.

Les insomnies, debout depuis des heures à tourner dans le garage et chercher des solutions. Et le téléphone qui avait sonné.

J'ai traversé le jardin enneigé.

Stef, en robe de chambre et savates, devant la fenêtre, fumait sa première clope en regardant l'aube. Je l'ai embrassée dans le cou, je me suis lavé les mains avant de me servir un café et de recharger le poêle.

— J'ai reçu un appel de Julo.

— Julo ?

— Dans le garage, y'a cinq minutes.

Elle a rallumé une cigarette. Dans le jardin, les tiges noires des plantes pliaient sous le poids de la neige.

— Qu'est-ce qu'il voulait ?

— Du boulot pour moi.

Elle m'a regardé avec un peu de méchanceté. J'ai tourné la tête vers le feu.

— Un truc réglo, il a besoin d'un bon mécano. Il est coincé.

Elle a écrasé sa cigarette. La fatigue et la pâleur cassaient les angles de son visage. L'hiver ne lui allait pas. Le coup de fil de Julo ne lui allait pas, cette bicoque et les courants d'air. On s'est regardé un instant, on faisait les mêmes calculs, sans en tirer les mêmes conclusions.

— Combien ?

— Six mille. Et il paie le billet.

— Combien de temps ?

— Deux ou trois semaines.

Elle a regardé dehors, comme pour estimer ce que trois semaines représentaient de nuits, de jours et de bûches à brûler, de temps à attendre avant que ça aille mieux.

— J'ai dit que j'en parlerais d'abord avec toi. Que si je partais, il me fallait une avance de trois mille par mandat. Il est d'accord.

— Il est dans la merde.

— Jusqu'au cou. On a besoin de…

— Te fatigue pas.

— Je pars pas si t'es pas d'accord.

— Arrête ton numéro. Julo sait toujours quand on n'a pas le choix.

— Six mille euros. On sera tranquille jusqu'au printemps.

— Et après ?

— Je trouverai du boulot. J'en trouve toujours.

— C'est pas ce que je voulais dire. Qu'est-ce que ça va changer, d'y retourner ?

Elle s'est calée contre moi. Les enfants se réveillaient, on a arrêté de parler.

Le mandat est arrivé le lendemain.

J'ai payé le bois qu'on devait à la ferme d'à côté, plus trois cents euros pour qu'ils livrent deux autres cordes. Je suis passé au garage du bourg et j'ai négocié un petit diesel avec deux cent mille bornes au compteur ; le patron a bien voulu me reprendre mon épave pour les pièces.

J'ai laissé mille euros à Stef. Quand elle m'a déposé à la gare, j'avais vingt euros en poche pour tenir jusqu'à Paris, en attendant le poulet aux ananas de l'avion.

Dans le hall de gare, on a patienté. J'avais les yeux sur la pendule et Stef à mon bras. Les deux garçons couraient dans le hall.

— Fais attention à toi.

— T'inquiète pas, je reviens dans deux semaines, tu verras pas le temps passer.

— Tu sais très bien que je vais m'inquiéter. Qu'est-ce que je vais faire si tu reviens pas, coincée ici ?

— Dis pas de connerie. Pourquoi je reviendrais pas ?

— Parce que tu sais pas quoi faire de ta peau ici.

— Tu es là, toi. Ça me suffit.

Elle a pleuré, des larmes régulières, sans sanglots.

On a eu quelques secondes pour se serrer l'un contre l'autre.

Sur le quai, le petit dans les bras, elle m'a envoyé un baiser. J'ai jeté mon sac à dos sur mon siège. J'ai fermé les yeux. Avant de m'endormir, au milieu des bruits du train, j'ai entendu un sifflement, celui des insectes le soir, quand la nuit tombe sur la forêt.

Je me suis réveillé à Paris.

J'ai traversé la gare, pris le métro et le train jusqu'à Orly. Dans la file d'attente de l'enregistrement, je ne regardais plus autour de moi. Je sentais le poids du sac sur mon dos, je faisais la liste de ce que j'avais emporté, inquiet d'avoir oublié quelque chose. Mais j'avais rempli le sac sans avoir besoin de réfléchir, retrouvant l'un après l'autre chaque vêtement et objet dont j'aurai besoin là-bas. En fait, le sac était déjà prêt, toutes les affaires pliées en haut de l'armoire, derrière les fringues d'hiver. Elles m'attendaient depuis deux ans dans une légère odeur de moisi.

J'ai demandé un siège à côté d'une issue de secours pour pouvoir étirer mes jambes. Paris/Cayenne, neuf heures de vol, quatre heures de décalage. J'arrivais par le vol Air Caraïbes de dix-huit heures.

*
* *

Le ciel était orange au-dessus de l'aéroport de Cayenne. Des chevelus en treillis buvaient des bières sur le parking, écrasant des mégots de joints en attendant le prochain départ pour la métropole ; des familles de fonctionnaires poussaient des charriots de bagages surchargés ; des femmes en pantalons moulants, boucles d'oreilles dorées, perchées sur des talons hauts, sortaient de voitures rutilantes. Garé sur une place handicapés juste devant la sortie, Jules attendait assis sur le pare-choc d'un pick-up Toyota à la tôle cabossée.

Même s'il ne fallait pas juger trop vite une voiture sous ce climat sans pitié, Jules avait toujours été de ces types qui brassent des liasses de billets et roulent dans des poubelles. C'est que l'argent qui filait entre ses doigts était rarement le sien. L'avance de trois mille euros par mandat, les billets en temps et en heure, sa ponctualité à l'aéroport confirmaient que la situation était tendue, pour le moins urgente. Son sourire d'escroc n'y changeait rien, ni le pack de bières fraîches qui attendait sur le tableau de bord, couvert de cette poussière rouge qui teintait toute la Guyane.

Quand nous avions quitté le coin avec Stéphanie, Jules était la dernière personne à qui je voulais dire au revoir. L'argent qu'il me devait n'était rien à côté des emmerdes dans lesquelles il m'avait mis. Son avance n'effaçait qu'une petite partie de sa dette. Jules était un anthropologue des zones troubles, de la débrouille et de l'illégalité. L'argent le rendait fou, mais les moyens qu'il choisissait pour en gagner disaient plus son goût du jeu qu'un véritable appétit pour la réussite. Il avait l'habitude de vous entraîner dans ses combines et de vous y laisser jusqu'au cou quand lui, Jules, était soudain devenu introuvable.

Je n'ai pas eu le temps de lui passer le bonjour de Stef, il ne demanda pas de nouvelles des enfants dont il avait certainement oublié les prénoms. Il faisait nuit et la voiture filait déjà sur la route de Regina. Il parlait comme si nous nous étions quittés la veille.

— Le patron du camp de Kanouri m'a contacté il y trois mois. J'ai passé la frontière pour aller le voir au Brésil. Il avait besoin de convoyer du gros matériel.

La climatisation du 4 × 4 était en rade, nous roulions vitres baissées et l'air à trente degrés me faisait transpirer à grosses gouttes deux ans de métropole. J'ai enlevé mes chaussures et mes chaussettes, ouvert mon sac et enfilé une paire de sandales. J'ai déboutonné ma chemise et ouvert une autre bière.

— Le camp est toujours là-bas ?

— À Kanouri ? Tu rigoles ? Avec la montée du cours de l'or, les boss brésiliens mettent le paquet. Le coin est une vraie fourmilière et ça tire dans tous les sens. Des bandes du Suriname descendent jusque là-bas pour rançonner les orpailleurs, les passeurs de l'Approuague se foutent sur la gueule et les pirogues sont criblées de balles. La moitié des flics de Regina taxent les chargements qui arrivent par la mer, et y'a un mois deux indics de la gendarmerie se sont fait allumer sur le fleuve. Raides. Tout le monde est armé jusqu'aux dents, les sites crachent de l'or et avec cette saison sèche qui n'en finit pas y'a des embouteillages à tous les passages de saut du fleuve. Le camp a besoin de plus en plus de matériel. C'est pour ça que tu es ici.

— C'est à cause de toi que je suis ici. Et si tu me refais le coup de la dernière fois, Stef prendra un billet pour venir te couper les couilles.

Jules s'est retourné en souriant. Parmi ses talents d'escroc, il avait celui de toujours deviner quand on ne pouvait pas refuser une offre. Je n'avais même pas besoin de lui raconter comment on vivait en France, dans cette baraque sans isolation, avec les petits boulots au noir et les factures qui s'empilaient. Il le savait déjà. Comme il savait que j'allais sauter sur l'occasion de revenir, même si Stéphanie me passait un savon.

— Comment elle va ?
— Demande pas.
— Toujours en rogne ?

— Ton nom la réchauffe même plantée dans deux mètres de neige. C'est quoi ce matériel que tu dois passer ?

— Il est déjà à mi-chemin.

— Ça veut pas dire grand-chose par ici.

— On a commencé en passant par la route de Regina à Saint-Georges, que personne est vraiment pressé de voir finie. C'est toujours une piste. En graissant quelques pattes, on est arrivé en camion jusqu'à cinquante bornes de Kanouri.

— Par la forêt ? Pourquoi vous êtes pas passés par le fleuve ?

Jules a eu un éclat de rire et je me suis marré aussi sans savoir pourquoi.

— Parce que ce matériel, il passe pas sur une pirogue, ni même sur dix si t'arrivais à toutes les coupler !

J'ai avalé une gorgée de Heineken.

— Crache le morceau.

— On est en train de passer une 215 à travers la forêt.

Je n'ai pas eu le temps de faire de commentaire, vu que je m'étranglais avec ma bière et que Jules s'arrêtait devant un panneau de sens interdit planté au milieu de la chaussée. Des gilets jaunes fluo irradiaient dans les phares de la voiture et le balai d'une lampe torche, devant une petite cabane, nous faisait signe d'approcher. Le poste frontière de la gendarmerie, à trente kilomètres de Regina et cent trente de la frontière brésilienne, sur la seule route de Guyane qui partait vers l'est, Dans ce pays incontrôlable, les flics français essayaient comme ils pouvaient d'endiguer le trafic d'hommes et de marchandises.

Deux jeunes Blancs en uniformes et armés de Famas jetèrent un œil à nos passeports français et demandèrent où nous allions. Jules leur parla d'une sortie de pêche sur le fleuve. Les torches balayèrent l'intérieur de la voiture et le plateau à l'arrière. Un autre flic sortit de la cabane, plus âgé, moins amical, et s'approcha de la portière conducteur.

— Qu'est-ce que tu fais là, Jules ? Tu sais que t'es pas le bienvenu à Regina.

— Un ami de métropole, je l'emmène pêcher et chasser sur le fleuve.

Le gradé se pencha vers l'intérieur et me dévisagea.

— On se connaît, non ?

Je le connaissais. À l'époque, il était major à la caserne de Regina, quand je venais déjà faire des boulots par ici. Son nom ne me revenait pas et le souvenir était flou, mais si j'avais dû préciser, j'aurais décrit la scène comme ça : le flic, Jules, une enveloppe de billets ou un petit sac d'or qui passait d'une main à l'autre.

— Possible, j'étais chef mécano à la GTM, y'a quelques années de ça. Je venais à la scierie pour réparer leurs engins.

— Ça doit être ça.

Il me regarda encore une seconde, pâle et transpirant dans les faisceaux des lampes, avant de revenir à Jules.

— C'est la saison sèche, les feuilles vont craquer sous tes pieds, Jules, m'étonnerait que tu chasses grand-chose de bon dans le coin.

— Le plaisir c'est la nature, pas le gibier.

Le flic se redressa et fit signe à ses subalternes. Les deux jeunes nous rendirent nos passeports et nous laissèrent passer.

Des deux côtés de la route, sur deux cents mètres, des dizaines de véhicules étaient garées dans la nuit : des camionnettes et des fourgons à moitié recouverts par la végétation, des voitures parfois brûlées jusqu'aux pneus ; des bagnoles sans papiers, transportant des clandestins et saisies par les gendarmes. Et dans les phares, au milieu des bagnoles, une pelleteuse Caterpillar 215, à première vue en bon état. J'ai regardé Jules, qui n'a pas quitté la route des yeux.

— On a essayé par ici, avant de tenter
le coup par la route de Saint-Georges.
Une combine avec des papiers, fausses
factures et tout le bataclan, soi-disant
pour le chantier de la piste de Saint-
Georges. Les flics sont pas tombés
dans le panneau et cet enfoiré de major
s'est fait un plaisir de poser la pelle en
trophée au milieu de sa casse. Il s'est
fait prendre la main dans le sac, y'a
un an, mais il continue quand même
à revendre les bagnoles des clandés. Il
est cloué dans cette cabane à frites pour
un moment, c'est moi qui te le dis. Je
suis pas sûr qu'il sache que la pelleteuse était à moi. Je l'emmerde. Avec le
pognon que je me fais sur ce passage,
je suis pas à une 215 près.

— Sauf que t'es qu'à la moitié du
chemin. Tes vingt tonnes de ferraille

sont pas encore arrivées à Kanouri. Qu'est-ce qui s'est passé ?

— On a pété le moteur à vingt bornes de l'arrivée.

— Vingt bornes ? Ça doit faire dans les vingt jours de trajet, ça.

— Minimum.

— T'es complètement timbré. C'est déjà un miracle que vous soyez arrivés jusque-là. Comment vous avez fait ?

En plus de la 215, Jules avait affrété un tractopelle pour ouvrir la voie au monstre à chenilles. En tête, deux types à pied qui connaissaient la forêt, pour tracer le layon. À l'arrière, un quad qui traînait sur une remorque des fûts de deux cents litres de gazole pour alimenter la 215 et le tracto. Une réserve de cinq tonnes de carburant que deux énormes 4 × 4 remontaient derrière les engins, le long de la piste ouverte. Une équipe de douze hommes, payés un gramme d'or jour – à peine vingt euros au cours du fleuve. Une demi-douzaine de guetteurs avec des radios sur la piste de Saint-Georges. D'autres à Regina qui surveillaient la gendarmerie. Les sommes dépensées dépassaient l'entendement pour un engin qui, en bon état, valait quinze mille euros. Sauf si l'on prenait en compte la quantité d'or que le camp exhumait chaque jour, et ce qu'il pourrait sortir de plus avec cet engin.

— Qu'est-ce que t'as acheté comme machine, pour qu'elle lâche à la moitié du trajet ? T'as encore cherché un raccourci et trouvé une ragnole plus bonne à rien ?

— Pas du tout. Cette fois, j'ai mis ce qu'il fallait pour que ça tienne. Le problème, c'est plutôt au niveau du conducteur et du tracto qu'est tombé en rade. Là, faut avouer que j'aurais dû mettre quelques billets de plus. Quand le tracto a lâché, le mec que j'ai embauché pour conduire la 215 a perdu son sang-froid.

— C'est-à-dire ?

— Tu comprendras quand tu le verras. Quand le tracto qui lui ouvrait la route s'est arrêté, il a décidé de continuer tout seul. Il a lancé la 215 dans la forêt, il a creusé des ornières d'un mètre de large et arraché des arbres de trente de haut, en ligne droite, pendant deux kilomètres. Le deuxième jour, il s'est foutu dans un marigot jusqu'à la cabine. Il a réussi à se sortir de ce pot de pus, mais il a fait sauter toutes les courroies, jusqu'à faire un joint de culasse.

— C'est tout ?

— Il a pas arrêté avant de serrer. Y'a plus une bielle ou un piston en état de marche.

— Faudrait changer le moteur.

— Il est parti d'Oiapoque, y'a deux semaines, livré au Brésil directement des US. Il devrait arriver sur place à peu près en même temps que toi.

Les calculs que j'avais faits à mon avantage, de revenir deux semaines en forêt, grassement payé, dans cet endroit que j'aimais, s'envolaient à la vitesse des infos que balançait Jules. Le plus grand talent d'un escroc reste de savoir faire appel à votre naïveté. J'avais cru qu'il lâchait six mille euros, plus les frais, pour un petit boulot peinard à la hauteur de mes talents de diéséliste. À croire que j'avais aussi oublié la Guyane, le fleuve, les boss, la folie de l'or et la dégradation morale de cette partie du globe.

Jules braquait tous feux éteints sur une piste en direction du fleuve. Quand il a commencé à me raconter le curriculum du conducteur de la 215, j'ai fini de me rappeler où j'étais.

— Ancien légionnaire ?

— Je veux même pas savoir où il a été, mais il a fait au moins dix années chez les branques. Pour la taule, j'en sais rien, mais il a dû y passer de temps en temps. C'est un Blanc guyanais, né ici, grandi avec une rafale de frangins tous plus barjots les uns que les autres, sur un bout de terrain en pleine forêt.

Ça fait trois semaines qu'il campe là-bas, la tête calée sur une chenille de la 215, avec un Brésilien qui lui fait la bouffe.

— T'as pas pensé à le remplacer ?

En posant la question, je me suis dit que je devenais pour ainsi dire irremplaçable à ce niveau de problèmes. J'ai commencé à recalculer mes honoraires. Aucun chiffre réaliste ne me venait à l'esprit.

— C'est pas aussi simple que ça de remplacer Joseph.

— Envoie trois mecs armés s'il le faut.

— Ça ferait pas la maille. Il dort d'un seul œil, avec un douze dans chaque main et un .357 à la ceinture. Il est tellement givré que personne ose s'approcher à moins de cent mètres. Chaque fois que les quads lui apportaient du carburant, il les faisait repartir à la chevrotine pour que les mecs prennent pas de retard. Et puis, je sais pas exactement comment ça fonctionne dans sa tête, mais il a décidé que le moteur cassé, c'était pas de sa faute.

— Tu veux dire qu'il t'en veut ?

— Tout juste.

— Et que tu viens pas avec moi ?

— T'as tout compris.

— Le Brésilien qui est avec lui, il a pas la trouille ?

— C'est pas ton problème. Toi, tu vas là-bas et tu changes le moteur.

— Mon problème, c'est qu'on sera que trois pour changer un moteur de six cents kilos.

— Joseph, mais faut l'appeler Jo, si tu veux bien, il s'y connaît un peu et le Brésilien est costaud. Pour le matos c'est pas un problème, t'auras tout ce qu'il faut : palans, chèvre, tout le toutim.

Le Toyota ralentit au passage d'un gros trou dans la piste et le bruit envahit l'habitacle.

La forêt.

Je n'entendais plus Jules qui parlait à côté de moi. Je me suis penché dehors et j'ai aperçu le ciel étoilé par un trou dans la canopée. Les insectes couvraient le bruit de la voiture, des singes hurleurs s'époumonaient dans les arbres, les troncs clairs disparaissaient en lignes droites dans la nuit ; les odeurs de terre, de plantes, puis celle du fleuve me dilatèrent les narines. Je pensais à Steph qui aimait tellement la forêt, elle aussi, aux garçons qui avaient grandi le cul à l'air sous trois tôles, au goût des fruits, du poisson et du gibier.

Le moteur remonta dans les tours. Jules se mit à brailler et je rentrai la tête à l'intérieur.

— Je veux quatre mille de plus. C'est le pire des plans que tu m'aies jamais fait.

— Trois mille.

— Trois mille cinq.

— Vendu.

La dernière bière était chaude et j'avalai une gorgée sans plaisir.

— J'aurais dû attaquer à dix mille.

Jules sourit.

— T'aurais dû.

— Je veux dix mille de plus.

— Va te faire foutre. On arrive.

Il arrêta la voiture au bout de la piste. Quelques palmes nous séparaient encore de l'Approuague sur lequel se reflétait la lune. Jules fit des appels de phares. Sur la berge opposée, une petite lampe répondit à son signal.

À l'arrière du pick-up, des objets étaient jetés çà et là, comme si de rien n'était. Je les chargeai dans mon sac à dos. C'était un petit équipement complet pour la vie en forêt ; les gendarmes du poste frontière n'y avaient vu que du feu. Un hamac en toile parachute pas plus gros qu'un chiffon, une machette affutée, un poignard roulé dans un tissu gorgé d'huile à côté d'un jerrican d'essence. En pièces détachées, un fusil de calibre douze, remonté en un instant. Deux longueurs de trois mètres de corde fine et solide. Trois hameçons, une bobine de fil de pêche. Jules tira de ses poches de treillis une boîte de cartouches neuves et un sac plastique.

— Quelques médicaments, si jamais tu te tapes une fièvre. Ça fait longtemps que t'as pas traîné par ici.

Il avait pensé à tout, un autre de ses talents, seulement gâché par une tendance à l'économie sur le matériel important : le fusil, un vieux Baïkal monocanon, ne valait plus grand-chose. Il m'a regardé en souriant.

— Tu sais bien que l'important, ici, c'est de montrer ton tromblon. De toute façon, même avec un bon fusil, maintenant tout le monde se trimballe avec des kalachnikovs. Ça ferait aucune différence.

— Et si j'ai faim ?

— Contente-toi de tirer des perdrix. Si tu les blesses, elles te boufferont pas comme les jaguars.

— Ça te fait marrer ? Et comment je me défends contre un ancien légionnaire parano ?

— Parano et alcoolo.

— Évidemment...

— Tu lui jettes un pack de six et tu pars en courant.

Le bruit d'un hors-bord au ralenti se rapprochait, Jules mit une claque sur mon sac à dos et me poussa en avant.

— Te pose pas trop de questions. Tu vas avoir une bonne nuit en hamac et une journée de marche pour te laver la tête de toute cette merde de réflexion que t'as ramenée avec toi de métropole. Le piroguier va te remonter pendant une petite heure. Un guide t'attend de l'autre côté. Vous ferez la moitié du trajet cette nuit pour pas traîner au bord du fleuve, et l'autre demain matin. Après, fini le sport, un quad t'emmènera jusqu'au camp de ravitaillement, et ensuite à l'endroit où est plantée la 215. Tu seras sur place demain après-midi. Le moteur sera peut-être déjà là, au pire en fin de journée.

La pirogue en aluminium glissa doucement sur la berge sableuse. À la barre, un type à la peau noire attendit sans un mot que je monte à bord.

— Je reviens par la même route ?

— Ou une autre, ça dépendra de la sécurité.

— Un moyen de te joindre, une fois sur place ?

— Jo a explosé la dernière radio qu'on a apportée là-bas.

— Charmant…

— L'équipe du tracto et du ravitaillement campe à trois kilomètres derrière
vous, sur la piste ouverte pour la pelle,
une balade de santé quand tu auras fini.
Tu penses que t'en auras pour combien
de temps ?

J'ai fait semblant de réfléchir, sachant
que si tout se passait bien, il me fallait
trois jours. Que pour la mécanique,
mieux vaut toujours multiplier ce qui
va bien par deux ; pour la mécanique en
forêt par trois. À quoi j'avais déjà ajouté
une journée pour le nouveau moteur
qui aurait du retard, et encore une pour
tout ce qui irait mal, doublé une fois de
plus en repensant au légionnaire.

— Avec les deux jours de marche…

— Une journée et demie.

— À partir du moment où le moteur sera là, onze jours. Si tout se passe bien.

— Tu peux régler ça en trois jours, mais disons que si ça merde, tu devrais avoir fini dans huit jours. Après, les routes de retour pourraient se compliquer.

Je me suis retourné avant de poser un pied dans la pirogue.

— C'est une menace ou une mise en garde ?

— Déconne pas, je te menace pas. C'est juste que depuis le début du transport et les trois semaines d'immobilité, ça devient de plus en plus compliqué de pas tomber sur des flics. Avec tous les mecs qu'on a embauchés, les bruits commencent à courir. Pour notre bien à tous, tu devrais faire le plus vite possible. Sans parler des pluies qui vont bientôt recommencer. Y'a déjà de plus en plus d'averses. Réfléchis pas, Marc. Quand t'auras fini ton boulot, barre-toi de là-bas le plus vite possible.

Jules m'a serré la main et je suis monté à bord. Le piroguier nous a éloignés de la rive en poussant sur une pagaie, avant de lancer son Yamaha. Au son, un 80 chevaux qui aurait pu pousser une barge de sable sur la Seine, monté sur un bateau effilé de trois cents kilos. J'ai à peine eu le temps de voir Jules qui secouait la main disparaître dans la nuit.

Devant le camp d'entraînement de la Légion étrangère, l'Approuague est large de cent cinquante mètres et on est à vingt kilomètres de Regina. La coque alu, plein gaz, dépassa à soixante kilomètres-heure les baraques des militaires en train de dormir, ou de se remettre de leur dernière virée de survie en forêt.

J'ai pensé au fameux Joseph en train de dormir sur sa pelle depuis des semaines. S'il avait grandi ici, les stages de survie de la Légion avaient dû le faire marrer, au milieu de ses petits copains qui se vidaient les tripes après deux jours à boire dans les cours d'eau de l'Amazonie. J'avais déjà croisé quelques-unes de ces têtes brûlées en Guyane, anciens des *Pavupapris*, comme disaient les locaux. On pouvait en rire, à l'occasion, mais ces mecs avaient le goût du sang dans la bouche.

*

* *

Le moteur est recouvert d'une housse de camouflage qui atténue un peu les vibrations, la coque de la pirogue est peinte en noir, une embarcation préparée pour la nuit. Le pilote passe sans ralentir entre les rochers qui affleurent à la surface. Les étoiles défilent comme dans un couloir entre les deux lignes noires de la forêt qui entourent le fleuve. Je devine les palétuviers des mangroves, dans l'eau encore saumâtre et soumise à l'influence des marées de l'estuaire. Au passage d'une marche, le fond de la pirogue heurte un rocher sur lequel coulent à peine trente centimètres d'eau. Le piroguier, pris de vitesse, n'a pas le temps de relever le moteur qui percute à son tour. Aucun signe de ralentissement, son boulot est de me déposer le plus vite possible au point de rendez-vous. Une légère vibration dans la coque indique que son hélice a souffert.

Une demi-heure a passé et, au jugé, nous avons parcouru une vingtaine de kilomètres. Au détour d'un méandre, à l'abri d'une encoignure de la berge, une lampe clignote deux fois. Le piroguier coupe le moteur et laisse glisser l'embarcation jusqu'au signal.

Je serre les sangles de mon sac sur mes épaules, tiens fermement le Baïkal dans une main et saute de la pirogue. Le temps de me retourner, mon chauffeur s'est déjà laissé emporter par le courant, il disparaît silencieusement.

Une silhouette s'approche de moi, un homme de petite taille, l'éclair d'un sabre dans une main, un baluchon en toile sur une épaule, un fusil. Il me demande de le suivre dans un français mâté d'accent brésilien. L'Approuague est un des fleuves les plus proches de l'Amata, une des régions les plus pauvres du Nordeste brésilien. Presque tous les clandestins du coin viennent de là-bas.

Sous le couvert de la forêt, les étoiles disparaissent. La lune ne perce plus et j'ai peine à suivre le petit homme qui avance à bonnes foulées. Je renonce à trouver les indices qu'il a laissés en venant pour marquer sa piste – petites entailles au sabre dans les troncs, branches cassées – et me concentre sur sa silhouette. Au bruit qu'il fait en marchant, je devine qu'il est pieds nus.

Après deux cents mètres, mes vêtements sont trempés de sueur et le brouillard tombé sur la forêt me fait frissonner. Dans un kilomètre, la fraîcheur sera oubliée et l'envie de boire intenable. Il ne faudra pas trop avaler d'eau. Je n'entends plus la forêt, seulement mon souffle alourdi par les cigarettes et le manque d'exercice. Devant nous, des animaux détalent. Impossible de les identifier, il n'y a que des bruits de feuilles foulées et de branches secouées. Je parie ma part de flotte que mon guide les reconnaît tous à l'oreille, et qu'en plus de retrouver son chemin dans la nuit, il arrive aussi à lire les traces de passages sur le sol. La seule chose dont je suis sûr, c'est que s'il s'arrête, je dois me préparer à tirer. Il n'est pas là pour chasser, un arrêt signifie un danger.

Tout en marchant, je sors une cartouche de ma poche, casse le fusil et tente de le charger. Je bute dans une racine et la cartouche glisse entre mes doigts. Mon guide stoppe aussitôt, sans se retourner, et attend. Je cherche à tâtons ma munition. Le guide fait deux pas en arrière, ramasse la cartouche qui était sous mon nez et me la tend. Je charge mon arme et il se remet en marche en articulant doucement :

— Foussi pas bom. Vous pas tirer derrière moi.

À l'oreille, il a aussi estimé la qualité de mon arme.

Après une heure, nous arrivons au bord d'une petite crique où coule un filet d'eau brillante. Mon guide me fait signe de boire. Je lève ma gourde et bois trois longues gorgées. Quand je baisse la gourde, il n'est plus là. Je tourne sur moi-même, rien que du noir.

Il revient au bout de quelques minutes, tenant deux poissons de bonne taille qu'il lève fièrement devant moi. Il a sans doute posé des trappes à son premier passage et récupéré ses prises à notre retour. Le dîner.

Nous terminons notre première étape deux heures plus tard, dans un lieu où le plus court chemin entre deux points n'est jamais une ligne droite. Ici, quand on veut dire d'un homme qu'il a perdu la raison, on dit qu'il est parti droit devant lui.

Je pose mon sac à terre et m'assoie dessus, étire mes jambes et bois tout mon saoul. Mon guide sans nom a déjà ramassé du bois qu'il fend au sabre. Il craque un briquet et sourit.

— Péti féou, por poissons.

Pas de problème, même si je les bouf-
ferais aussi bien crus.

Il est 22 heures. Mon hamac est tendu
entre deux arbres et je me balance
doucement en regardant les dernières
braises se consumer. Le petit homme
a nettoyé le sol à côté du foyer et s'installe par terre. Il a sorti de son baluchon quelques outils, une petite brosse
métallique, une fiole d'huile, un chiffon.
Il a démonté mon fusil et entreprend
de le nettoyer.

— Tu viens de l'Amata ?

— Si.

— Tu travailles au camp de Kanouri ?

Il acquiesce.

— Ta famille est au Brésil ?

Il lève les yeux vers moi et sourit.

— Si. Mes dou fils y ma femme.

— Ça fait longtemps que tu es au camp ?

Il baisse les yeux et fait tomber deux gouttes d'huile sur le percuteur du Baïkal.

— Trois ans.

L'or ne rapporte rien aux hommes qui remuent la boue du fleuve, La vie sur place est chère, tout y est vendu hors de prix par les boss. Ceux qui travaillent là-bas parviennent tout juste à économiser un peu d'argent qu'ils envoient à leurs familles. Si je lui pose la question, il me racontera la même histoire que tous les orpailleurs clandestins : qu'il a trouvé un jour, en creusant, une pépite de trois ou quatre cents grammes qu'il a réussi à cacher ; qu'il a payé avec une maison pour sa mère ou acheté un beau terrain au bord d'une rivière dans son village natal.

Tous les chasseurs ont tué leur premier jaguar à treize ans, tous les orpailleurs trouvé un caillou d'un kilo. Contre leur destin pourri, les hommes qui travaillent dans la forêt n'ont que des histoires fabuleuses à inventer. Il faut les écouter. Mais pas ce soir. Mes yeux se ferment. Je n'ai pas envie de faire semblant de croire aux rêves du petit homme.

— Le légionnaire, Joseph, tu le connais ?

Il a remonté le fusil. Il le casse et le referme deux fois, remet une cartouche dans la chambre et l'appuie contre l'arbre près de mon hamac.

— Mieux maintenant.

Il reprend sa place près du feu et s'allonge à même le sol.

« Jo, pas bom. Feou dans sa tête. »

Je ne comprends pas s'il y a le feu dans la tête du légionnaire ou s'il est simplement fou.

— Comment tu t'appelles ?

— Fausto.

— Moi, c'est Marc.

Je n'entends pas le bruit de la forêt s'éteindre et je me réveille quelques heures plus tard, le corps endolori. À peine l'aube. Fausto a refait un petit feu et fait chauffer de l'eau dans une casserole cabossée. Il jette une poignée de café dedans et mélange, puis arrose la surface du liquide avec quelques gouttes d'eau froide. Le marc descend au fond du récipient et il boit avant de m'en proposer. Le café me réchauffe et me réveille la bouche. En cinq minutes, notre camp est plié. Nous reprenons la route au même rythme que la veille.

Dans la jungle, peu de nourriture est à portée de main ; tout est trop haut pour les hommes dans ce lieu soumis à une guerre verticale pour la lumière. Mon estomac, après une heure de marche, tourne à vide. Je prends dans mon sac un paquet de biscuits secs et grignote sans m'arrêter. La brume s'arrache à la canopée. Le soleil perce les feuillages et répand à nos pieds des taches de lumière où les jaguars se fondent comme dans de l'eau. La chaleur, tempérée par l'ombre, monte doucement. La transpiration et l'effort dénouent mes muscles, mon souffle devient régulier.

Fausto accélère le pas et je réalise qu'il me ménageait jusque-là. Les trois kilomètres sont parcourus en une heure et demie cette fois.

Mon guide ralentit, les épaules voûtées. Il glisse son sabre dans son sac et avance pas-à-pas, fusil tenu à deux mains.

Il siffle. Une fois. Deux fois. Puis s'arrête.

Après quelques secondes de silence, le même sifflement nous répond.

Un autre homme attend, plus jeune et plus grand, des tatouages grossiers sur les épaules, les cheveux en brosse. Brésilien. Nous sommes au bord de la piste tracée par les deux engins de Jules, sillon boueux et broussailleux.

Le jeune type soulève une bâche de camouflage qui cache un gros quad biplace. Il arrime mes affaires sur le porte-bagages et s'installe au guidon en me faisant signe de monter. Je tends la main à Fausto, qui me salue en portugais avant de s'enfoncer dans la forêt.

Le quad se lance sur la piste, cette étape du voyage ne sera pas une partie de plaisir. Je m'accroche aux poignées de la selle pour ne pas être éjecté par les chaos de la piste. Nous filons à quarante à l'heure, à grands coups de freins et de brutales accélérations dans les ornières et les trous, fouettés par les branches. Le ciel est grand ouvert au-dessus de la piste et chargé de nuages qui ne trompent pas. Peut-être ce qui pousse mon chauffeur à aller de plus en plus vite.

Après dix minutes de ce rodéo, une averse nous tombe dessus, transformant aussitôt la piste en pataugeoire. Le quad chasse de côté et glisse, le pilote rétablit l'équilibre à grands coups de gaz. Aussi expert que les piroguiers sur leur fleuve, la pluie énorme le ralentit à peine.

Au fil du trajet, je prends la mesure du projet délirant de Jules, de faire passer ici une Caterpillar de vingt tonnes. La piste serpente en suivant les courbes de niveau, évitant le plus possible les reliefs, déviant devant des arbres trop gros, bois serpents, ébènes vertes, angéliques aux troncs de deux mètres de diamètre. Des arbres impossibles à débarder si loin du fleuve et de la piste, mais qui vaudraient sur le marché des dizaines de milliers d'euros pièce.

Après un quart d'heure, la pluie s'interrompt et la piste s'assèche. Nous reprenons de la vitesse. Mes bras et mes doigts fatiguent sur les poignées. Si les averses continuent comme ça, la piste sera bientôt impraticable. Je pense au nouveau moteur qui doit suivre le même chemin, chargé à l'arrière d'un pick-up. Sans parler de la 215, si la saison des pluies commençait vraiment. La machine resterait à vingt kilomètres de Kanouri, on ne la retrouverait qu'à la prochaine saison sèche, couverte de lianes.

Jules est fou. À ce stade, la livraison de la machine aux orpailleurs devient un coup de poker contre les éléments, le temps et tous les flics de la région.

Il est 11 heures du matin quand nous atteignons le camp de base de l'expédition. D'abord, deux guetteurs armés de fusils semi-automatiques le long de la piste, puis des bâches kaki, d'autres hommes, un autre quad, les 4 × 4 et un stock impressionnant de fûts de gazole. Les visages sont fermés et méfiants. Un casting de clandestins, fatigués par trois semaines d'attente et de rhum, aux gueules mâchées et aux yeux rouges. Des plastiques d'emballages et des bouteilles vides jonchent le sol. La carcasse d'un tapir suspendue par les pattes arrière, couverte d'insectes, se balance au godet du tractopelle.

Je descends du quad en grimaçant, mon chauffeur sourit, accompagné par quelques rires dans l'assistance. Il est fier de sa performance. Je réponds aux sourires et l'atmosphère se détend un peu. On me tend une bouteille d'alcool sans étiquette, contenant un liquide opaque. Le rhum me brûle la bouche et la gorge.

Celui que je suppose être le patron de ce petit groupe s'approche de moi. Son français est bon.

— Le tracto est réparé, on attend le moteur de l'autre machine. La radio dit qu'il est là dans quatre ou cinq heures si pas trop de pluie. Ou dans la nuit alors. Tu vas aller là-bas avec le quad et les outils pour commencer travailler. Je crois Jo a démonté un peu déjà, il faut voir avec lui là-bas.

Deux clandestins sont déjà en train d'attacher des caisses à outils sur le quad. Je les arrête le temps de faire un inventaire.

Tout est là, l'essentiel pour changer le moteur, un petit trait de perfection au milieu de ce bordel sans nom. Je lève un pouce pour dire aux types que tout va bien et ils terminent de charger. Le chef du camp me propose de manger avant de reprendre la piste. Il soulève des palmes et je fais un bond en arrière. Tout le monde se marre. Un anaconda de quatre ou cinq mètres, dont il manque déjà un morceau.

— Tué cette nuit. Tu as déjà mangé ça ?

Oui, je connais cette chair blanche, plutôt grasse et sans beaucoup de goût.

J'avale, accroupi à côté du feu. Des frissons dans mes épaules m'inquiètent un peu. Parfois, la chaleur et le climat de la forêt suffisent à déclencher une crise de palu. Je mange ma part de serpent et me sens mieux. Ici, la fatigue prend parfois l'allure d'une fièvre, tant l'organisme lutte pour s'acclimater.

Cette fois, je repars seul.

Le chef du camp m'accompagne jusqu'au quad.

— La pelle est trois kilomètres plus loin. Attention quand vous passez le ruisseau, là où elle était enlisée. C'est plein d'eau et de boue avec les pluies. On a fait un passage avec des troncs.

— OK, je ferai attention. Comment c'est, là-bas ?

— Il y a Alfonso et Jo. Pas vus depuis trois jours, mais ils sont là. Pas de problème.

— Pas de problème ?

Le chef sourit mollement.

— Peut-être avec un Blanc, ça sera mieux. Jo, il aime pas les Brésiliens. Quand le moteur arrive, le tracto ira là-bas aussi, pour le lever.

— Ça nous fera gagner pas mal de temps. Merci pour le repas.

Je démarre, passe les guetteurs armés, puis me retrouve seul sur la piste, roulant à une vitesse raisonnable. Aucune envie de me retrouver la tête dans la boue avec un quad de trois cents kilos et deux caisses à outils sur le ventre.

Concentré sur la piste, je ne vois plus la forêt autour de moi et, pendant quelques instants, j'oublie la raison de ma présence ici. Il ne s'agit plus que d'avancer et d'éviter les pièges du terrain.

Peu à peu, je prends de la vitesse. J'écoute le moteur, accélère, freine, relance la machine sur cette travée éphémère au milieu de la forêt. Dans six mois, aucun véhicule ne pourra plus passer, la végétation aura effacé le souvenir du convoi de Jules, englouti ses efforts, récompensés ou non. J'accélère encore, comme si la forêt se refermait derrière moi, comme on nage soudain plus vite en pensant à toute l'eau noire en dessous de nous.

La piste ne fait plus de virages, je dois arriver sur la portion que le légionnaire a dégagée seul avec la 215. Une ligne droite de deux kilomètres, jusqu'au marigot dans lequel il a enterré sa machine. Je m'arrête avant le pont de fortune, fait de troncs d'arbres abattus et couchés côte à côte, pour regarder le trou.

Ce ne devait être qu'un petit cours d'eau, aux berges molles, dans lequel les chenilles se sont enfoncées. La profondeur du trou, à moitié rempli d'eau, donne l'impression d'une bombe qui aurait éventré le sol. Les traces du godet, grattant la terre pour s'en sortir, celles d'une bête enragée se tirant d'un piège. Autour de ce creux boueux, sur trois mètres de rayon, plus un seul arbre ni plante. Je pense au type qui attend là-bas, depuis trois semaines, que je vienne réparer sa machine et qu'il puisse continuer.

Je traverse le ponton improvisé, surveillant les roues du quad sur le bois mouillé et glissant.

Je ralentis en apercevant l'éclat jaune de la cabine de la 215, plantée au bout de la piste. Puis la bête tout entière, immobile, couverte de boue, son godet posé à terre, appuyée sur sa flèche comme sur un bras fatigué. Une bâche bleue est accrochée à l'engin, tendue par deux cordes jusqu'à des branches. Sous la bâche, une silhouette debout et un fusil braqué sur moi.

J'arrête le quad et lève une main, je crie mon nom. Le fusil se baisse. Je fais à pied les derniers mètres qui me séparent de Joseph.

La première impression qu'il me fait : je suis un mécanicien face à l'irréparable.

T-shirt sans manches, treillis, rangers, bras couverts de tatouages sur une peau tannée et sèche, crevassée, pleine d'écorchures et de cicatrices. Des yeux clairs sur un fond de vaisseaux rouges. Plus petit que ce que j'avais imaginé, des mains courtes qu'il garde sur son arme. Passé dans sa ceinture en toile, le .357 dont m'a parlé Jules. Le Brésilien qui lui tient compagnie n'est pas en vue.

— Je suis le mécano.

— Je vois pas qui tu serais d'autre.

Pour ne pas rester muet, je me tourne vers la 215.

— Le moteur arrive derrière moi, sans doute ce soir. Vous avez commencé à démonter ?

Il prend un air dégouté.

— *Vous* ? Ce crétin de Brésilien sait pas reconnaître un tournevis d'un tuyau d'arrosage. C'est moi qui ai démonté.

Il soulève une bâche sur le sol et me montre. Vu les pièces qui sont là, il ne reste presque plus que le bloc moteur à sortir. Échappement, filtre à air, démarreur, batterie, pompe à injection,

pompe à eau, l'énorme pompe hydraulique, tout est en vrac, jeté à terre.

— La pelle est en état, à part le
moteur ?

— Tout marche, ouais, sauf le moulin. Cet enfoiré de Jules m'a refilé une
machine pourrie. Il a bien fait de pas
venir avec toi, je lui aurais dit ce que
j'en pense de sa merde.

Il appuie finalement son fusil à la
chenille de la pelleteuse. Plantée au
milieu de la forêt, la machine est impo-
sante quand nous nous tenons à côté,
ridicule face à ce qui l'entoure.

Une échelle de branches, coupées
au sabre et liées avec de l'écorce, est
appuyée à l'arrière de la Caterpillar. Je
grimpe et soulève le capot moteur. Vu
les traces du démontage, le légionnaire
n'a pas fait dans la dentelle. J'espère

que les pièces au sol sont encore en état de marche. La mécanique est récente, beaucoup plus que la pelle qui doit dater de 81 ou 82. Le moteur a déjà été changé. Il faut y mettre du sien pour casser un moulin pareil, qui équipe des chars militaires depuis la Deuxième Guerre mondiale.

Jo se hisse sur une chenille, s'agrippe à la cabine et saute sur le capot.

— Ces enfoirés de Brésiliens avaient dû changer le moteur, mais ils ont foutu un truc cassé dedans. Si ça se trouve, ils ont juste remis un coup de peinture dessus et ce connard de Jules est tombé dans le panneau. Faut pas faire confiance à ces mecs.

Peut-être qu'il a raison. Mais s'il a pété la courroie de la pompe à eau et continué à défricher la piste, Jules n'y est pour rien.

L'haleine de Jo est chargée de bière. Il pue la sueur. Je dois sentir, moi aussi, après trois jours sans douche dans la forêt, mais il a des semaines d'avance sur moi. Peut-être qu'il trouve que je sens le propre.

— S'il n'y a que le moteur à changer, on en a pour quelques jours, ça devrait pas poser de problème.

— Si c'est pas un truc en acier chinois de merde.

Je n'ai pas envie de comparer la qualité des aciers avec lui.

— Il y a de la bière par ici ?

— C'est pas ce qui manque.

Nous redescendons de la pelle et il sort deux canettes de Heineken d'une glacière qui sent le moisi. J'avale une gorgée et entends l'écho d'un coup de feu dans la forêt, sans pouvoir estimer la distance.

Jo regarde dans la même direction que moi.

— Alfonso. L'est parti chasser ce matin. Ramène que de la volaille, ce con.

— Ils avaient tué un anaconda, ce matin, au camp.

— De la viande à clandés, cette saloperie. Jamais j'en bouffe.

Je sirote ma bière.

— T'as déjà travaillé avec Jules ?

— Tu rigoles ? La première et la dernière. Pourquoi, tu le connais cet enfoiré ?

— J'ai bossé pour lui quelques fois, quand j'habitais ici.

— Ça fait de toi un abruti, non ?

Il se marre, ses dents sont tachées par les clopes qu'il fume les unes après les autres. Il lui en manque sur les côtés. L'hygiène dentaire de la forêt et de la Légion, où l'on supporte la douleur le plus longtemps possible avant que s'arracher une ratiche devienne presque un plaisir.

— Y'a parfois des embrouilles avec lui, mais c'est pas un mauvais mec.

— Tu choisis tes potes comme tu veux, ducon.

Je suppose que s'il ne rigole pas à la fin d'une phrase, il faut comprendre qu'on a un problème. Je ne lui parle pas de Jules, sans doute le seul ami que j'aie vraiment eu ici. Je ne lui dis pas que c'est Jules qui m'a présenté à ma femme, une de ses ex. Je ne lui parle pas de ma femme. Pas envie non plus

qu'il m'insulte gratos, même en se mar-
rant, pendant encore dix jours. Il faut
quelques limites. Il serait déçu que cela
se passe autrement.

— Pourquoi t'as accepté son boulot ? T'es d'ici, non ? T'as rien trouvé
de mieux ?

Il a regardé d'abord mes mains, peut-
être leur taille, mais surtout ce qu'elles
faisaient : une dans ma poche, l'autre
sur ma bière. Puis ma tête, mes yeux
et ma bouche, s'il y avait le moindre
mouvement. Rien. Je le regarde sans
mettre la plus petite expression dans
mon regard. Qu'il en sache le moins
possible, qu'il se pose des questions.
Dès que ces types se mettent à penser,
ça les ralentit.

Il boit un coup et tire sur sa Gauloise
blonde.

— Personne voulait le faire, trop ris-
qué. Moi je m'en fous.

Fierté. Mensonge. Je connais Jules.
Joseph le légionnaire était le moins cher.

Il réfléchit en me regardant. Une
encoche dans sa mémoire paranoïaque,
mais un début de rééquilibrage. Je lâche
du leste, la pression est suffisante pour
notre première demi-heure ensemble.

— C'est pas à la portée de tout le
monde.

— C'est que dalle. Pas besoin d'être
un brave, faut juste être un peu plus
con que la moyenne.

Il rigole et je souris. Il ouvre deux
autres bières.

Certain qu'il tuerait un type saoul
pendant son sommeil.

Sur son avant-bras droit, les tatouages
ne sont qu'une liste de noms et de dates.

Rwanda 94.

Comores 95.

Congo Brazzaville 97.

Kinshasa RDC 98.

Cameroun 2001.

Côte d'Ivoire 2002.

Tchad 2002.

Les lettres et les chiffres sont entourés par le drapé d'une robe de vierge noire, aux bras écartés. Des encoches dans sa mémoire. Irréparable.

Le nom du Rwanda est tatoué en rouge : 94, génocide, première mission pour le légionnaire Joseph.

Arrêter de jouer au con avec lui. Même si son humour est désagréable.

Jo doit avoir quarante ans. Même génération que moi. Pour lui, le Rwanda à vingt ans, pendant que je fumais du hasch en Inde.

Un bruit derrière moi, je me retourne. Jo n'a pas bougé. Un homme sort de la forêt et traverse la piste de la 215. Un fusil à la main, une perdrix qu'il tient par les pattes dans l'autre. Un filet de sang coule de la gorge de la bête et goutte le long de son bec. Alfonso ne nous regarde pas, mais avance dans notre direction.

Il porte un short rouge, torse nu, pieds nus, trapu, des yeux noirs et les cheveux courts. À la façon dont il pose ses pieds sur le sol, du talon aux orteils, appuyé sur l'extérieur de la voûte plantaire, à la souplesse de son buste et ses épaules en avant, un chasseur. Silencieux. Si Joseph est un tireur fou, dingue de rafales automatiques,

Alfonso est un tueur à une cartouche. Les Brésiliens ont cette idée, que trop de munitions dans les poches fait fuir le gibier.

Un sabre et une cartouche, le dénue-ment et le silence.

Alfonso s'accroupit sous la-bâche à côté du foyer éteint et commence à plu-mer la perdrix.

Le légionnaire me propose une autre bière, la dernière que j'accepte aujourd'hui.

Jo est assis depuis une heure sous la bâche, sans jeter un regard au Brésilien qui prépare le dîner, allume le feu, stocke du bois pour la nuit, surveille la cuisson et sort des bières à mesure que Joseph balance ses canettes vides par-dessus son épaule. Je me force à manger.

Quand le légionnaire semble finalement abruti par la bière, il ouvre une bouteille de rhum et continue à boire.

Ses yeux tombent sous le poids de l'alcool.

Alfonso a nettoyé au sabre un petit espace entre deux jeunes arbres, pour que j'y installe mon hamac. La nuit est tombée et le moteur de la 215 n'est pas arrivé.

Les chants rauques des crapauds-buffles couvrent les autres bruits de la forêt. Le petit Brésilien s'éloigne du campement et s'enfonce entre les arbres. Il doit avoir quarante-cinq ans. Depuis qu'il est revenu de la chasse, il n'a pas prononcé un mot.

Je me tourne vers Joseph, dont le menton tombe sur sa poitrine.

— Il va encore chasser ?

Jo avale une gorgée de rhum, repose la bouteille et grimace.

— Je lui ai dit de s'installer plus loin, j'veux pas l'avoir à côté de moi quand je dors. Ces mecs, tu sais jamais ce qui va leur passer par la tête.

— Il a pas l'air dangereux.

— Tu les connais pas comme moi. Ils se découpent au sabre pour rien. C'est des sauvages, à force de vivre ici, sans femmes, à picoler tout le temps.

Je ne demande pas à Joseph s'il a une femme. Pas envie de ses histoires de légionnaire.

Je préférerais dormir plus loin, moi aussi.

Je m'installe dans mon hamac. Sous une lampe à gaz, dans un nuage d'insectes qui ne le dérangent pas.

Il relève la tête vers moi.

— Et toi, pourquoi t'es venu ici ?

Je réfléchis et choisis de mentir.

— L'argent.

— J'espère que t'as demandé une avance à cet enfoiré de Jules. Moi, j'ai tout pris en or, avant de démarrer la pelle. Pas confiance dans cet enfoiré.

Sa voix s'épaissit. Il sombre, assis par terre, dans un sommeil éthylique.

Je me cale dans le hamac et ferme les yeux. Je m'endors en pensant à Stéphanie. Et aux enfants qui veulent des souvenirs de Guyane. Un perroquet pour le petit, des noix de coco pour le grand.

Quand j'ouvre les yeux, la brume recouvre la forêt et la piste, accrochée à la flèche morte de la 215. L'air est gris autour du noir de la végétation. Le jaune de la machine se distingue à peine encore. Chiens et loups, le moment le plus silencieux de la forêt.

Jo n'est pas à sa place. Je suis nerveux à l'idée que le légionnaire se soit levé sans que je l'entende. Ses armes ne sont plus là non plus. Je me redresse en entendant des bruits derrière moi. Alfonso fait un signe de tête pour me saluer et se dirige vers le feu, casse du bois et remet la casserole d'eau à chauffer. J'ai des courbatures et le sommeil ne m'a pas reposé.

Un bidon de cinquante litres d'eau est posé sur une chenille de la 215. J'ouvre le robinet et me rince le visage.

— Où est-ce qu'il est ?

Alfonso jette le café dans l'eau qui frémit.

— La chasse.

Je m'approche de lui.

— Il ramène du gibier ?

Le petit Brésilien sourit et me regarde dans les yeux pour la première fois. Un sourire que je n'arrive pas à trouver sympathique.

— Pas beaucoup.

Tout ce qu'on a besoin de savoir de Joseph est écrit sur sa peau et son visage, Alfonso ne laisse rien paraître.

— Toi, tu ramènes toujours du gibier, non ?

Il sourit plus franchement, ses dents sont en mauvais état.

— Pas toujours, parfois j'ai faim aussi.

Il sert le café dans des tasses en plastique. Son français est bon. Les contrebandiers de l'Approuague parlent tous quatre ou cinq langues. Français, espagnol, portugais, anglais, parfois aussi l'arawak.

— Tu travailles à Kanouri ?

— Non.

Son sourire est moins clair.

— Tu connais Jules, alors ?

— Un peu, c'est le patron.

Je ris.

— Si on veut. Tu crois que c'est un bon patron ?

— Il paie un gramme. Et une boîte de cartouches. C'est un bon patron.

Je sirote mon café en regardant la 215 et le capot moteur soulevé. Alfonso secoue les couvertures de Jo et arrange ses affaires. Quand il a fini, il s'approche de moi.

— Je suis allé au camp gazole, ce matin. Le moteur est arrivé cette nuit par la piste. Ils vont le transporter ici avec le tractopelle.

Je le regarde, surpris. Il sourit, puis se fige, ramasse son sabre et s'éloigne. Je n'entends arriver Joseph que quelques secondes après le Brésilien. Le légionnaire revient bredouille de sa chasse matinale.

— Putain de moteur. Je sens qu'on va l'attendre un moment, cette saloperie.

Je me tourne vers Alfonso, assis par terre, son sabre coincé entre ses pieds, affutant la lame avec une pierre. Le Brésilien ne regarde pas le légionnaire, concentré sur son travail avec une non-chalance qui me semble feinte.

Entre le légionnaire et le clandestin, c'est un pas de deux étrange. Sans doute le résultat de trois semaines de cohabitation et d'isolement, que je ne comprends pas encore. Les insultes de Jo sont plus mécaniques que haineuses. Le flegme d'Alfonso a quelque chose d'un pardon pour les excès de ce Blanc ravagé.

J'ai monté les outils jusque sur la plate-forme du moteur et démonte le vieux bloc depuis deux heures. Je demande à Alfonso s'il peut fabriquer un toit pour que je travaille à l'ombre. Il n'y a pas un nuage, la température monte à trente degrés et mes avant-bras sont brûlés par le soleil. Ma casquette est une éponge de sueur.

Quand le bruit du tractopelle arrive jusqu'à nous, Jo sort de sous sa bâche.

— Eh ben, ils ont mis le temps, ces feignasses.

Il marche jusqu'au milieu de la piste, une bière dans une main, un fusil dans l'autre. Il jette la canette par terre et prend son arme à deux mains quand le tracto est en vue. Un quad suit l'engin, les deux véhicules s'arrêtent à distance. Je reconnais le chef du camp sur le quad.

Le chauffeur repart avec lui sans faire un signe ou dire un mot, abandonnant le tracto à cinquante mètres de nous, comme s'il avait amené à bouffer à des pestiférés ou des fauves.

Jo tire au-dessus de leurs têtes sans qu'ils réagissent. Il se marre, les deux hommes sur le quad baissent seulement la tête.

Le moteur est dans une caisse en bois arrimée au godet. Jo s'installe au volant et conduit sur les derniers cent mètres en faisant gronder le tracto.

Nous déchargeons le matériel neuf. Je travaille tout le reste de la journée à démonter celui de la 215, prêt à être sorti quand la nuit approche.

Jo place la flèche du tracto au-dessus de la plateforme, Alfonso et moi passons sous le bloc les sangles du palan, fixé aux dents du godet. Les projecteurs du véhicule nous éclairent. Le bloc sort lentement de son logement pour être déposé à terre. Le légionnaire démonte le palan, rigole en reprenant le volant et pousse le moteur cassé dans la forêt, arrachant des arbres sur son passage. J'entends la mécanique poussée à ses limites et le métal heurter le bois, alors que Joseph semble ne plus vouloir s'arrêter, faisant un trou inutile dans la forêt.

Alfonso, à côté de moi, regarde faire le légionnaire sans dire un mot.

Ce soir-là, Joseph fête le démontage en se saoulant sérieusement. Il me pose les mêmes questions que la veille sans s'en rendre compte. D'où je viens, est-ce que je connais Jules, pourquoi je suis là.

Cette fois, Alfonso a ramené du poisson pour le dîner.

Jo refuse d'en manger.

— Je vais pas bouffer ta merde empoisonnée, putain de métèque.

J'adopte la stratégie du Brésilien et fais comme si je n'entendais pas. Je partage le repas avec Alfonso pendant que Jo s'endort. Puis je demande au petit chasseur pourquoi Joseph a parlé de poisson empoisonné ?

Lancé sur le sujet de la chasse ou de la pêche, Alfonso devient bavard. Il m'explique qu'il arrache de l'écorce de liane Ivrée, qu'il l'écrase, la coince entre deux pierres dans l'eau du cours, puis va attendre plus loin, en aval, là où il a construit un petit barrage. Deux heures plus tard, il ramasse les poissons qui flottent à la surface de la retenue. Les poissons ne sont pas morts, ni empoisonnés. Ils sont endormis par la liane, que certains Indiens sucent pour s'éclater un peu. À forte dose, l'écorce est mortelle. Bien utilisée, elle assure un repas facile. La chair des poissons est bonne, agrémentée de plantes et de petits fruits jaunes, à peine plus gros que des graines, au goût acide.

Je suis épuisé, l'impression d'être ici depuis dix jours.

Alfonso nettoie la casserole et les assiettes au bidon.

Je lui donne un coup de main pour ranger et baisse la voix.

— Pourquoi tu le laisses parler comme ça ?

Il ne répond pas.

La voix de Jo parvient jusqu'à nous.

— Parce que cet enfoiré d'assassin de métèque de merde a pas de couilles au cul.

Je me tourne vers le légionnaire, qui allume une lampe torche de l'armée et la braque sur le visage d'Alfonso. Le petit chasseur ne réagit pas ; il pose les assiettes et les couverts sur la chenille, puis s'éloigne. La lampe de Jo le suit, éclaire son dos large jusqu'à ce qu'il disparaisse dans la forêt.

— C'est quoi cette histoire ?

— Cette histoire ? Tu crois que j'invente ? Alfonso est pas ici pour trouver une pépite d'un kilo, comme tous ces autres crétins qui se font plumer par les boss. Il est là parce qu'il peut pas rentrer chez lui. Il a tué des types, là-bas. Si tu demandes, cherche pas, c'est forcément une affaire d'honneur. Connerie. Une histoire de rhum et de putain, comme d'habitude. Ce noiraud te trancherait la gorge dans ton hamac.

— Comment tu sais ça ?

— C'est la forêt, mon vieux. Tout le monde sait tout.

— Et tout le monde raconte des histoires.

Jo ricane. À la lumière de sa torche, il exhibe son .357, libère le barillet et le fait tourner du plat de la main.

— Toi, t'es du genre sentimental. À croire que c'est la misère qui amène des types comme Alfonso à Kanouri, qui les fait creuser la terre et fouiller le fleuve pour les boss. Connerie. Les trois quarts sont là parce qu'ils ont les flics aux miches.

— Comme à la Légion.

Il se tourne vers moi, replace le barillet dans son logement d'un coup sec du poignet.

— Parle pas de ce que tu connais pas. Nous, on a un code. Pas comme ces enfoirés.

Je réalise que mon fusil est loin de moi, à côté de mon hamac, et que jamais Alfonso ne s'approche à moins de dix mètres de Jo sans une arme, ne serait-ce qu'un couteau.

Le légionnaire braque sa lampe sur moi.

— Cherche pas à être le plus malin, ici. T'as beau croire que je suis qu'un con, je suis né dans cette merde et je sais qui est qui. Tu répares le moulin et tu fais pas de vagues. Après, tu rentres chez toi et t'oublies que tu croyais connaître la forêt. T'es du genre à trouver que c'est beau et qu'on se sent bien, ici. La vérité, c'est que t'es pas fait pour cet endroit. Si tu veux savoir, t'auras qu'à lui demander à Alfonso, pourquoi il est ici. Et perso, j'pense qu'il a une meilleure raison que toi d'y être.

Il éteint sa lampe.

Je suis plongé dans le noir avant que mes yeux retrouvent la lumière de la lune. Je recule jusqu'à mon hamac, le regard de Joseph rivé sur moi.

L'oreille tendue, je repense à la naïveté dont le légionnaire me croit victime. Jamais je n'ai pensé que cet endroit était un paradis. Sauf peut-être quelques fois, quand nous vivions là avec les enfants. Qu'on avait trouvé notre place. Avant les combines de Jules et le retour en métropole. Je ne crois pas non plus que les orpailleurs sont des enfants de chœur. Même si on en rencontre qui vous sauvent la vie sans réfléchir ni vous connaître. Les mêmes qui tirent sans sommation quand leur vie est menacée.

Je répare des choses inutiles depuis toujours.

Un métier qui donne le sens des réalités.

Garder mon fusil à portée de main.

Je somnole au bord de la piste de Joseph, partie de nulle part et arrêtée au milieu de la jungle, en attendant de pouvoir remettre sa machine en état de marche.

Ce n'est pas la machine de Jules, ce n'est pas le convoi des boss, seulement la décision d'un légionnaire fou.

Alfonso est à sa place, aux côtés de ce dément cramé par les souvenirs et l'alcool. Je me demande si Jules a embauché le Brésilien pour surveiller

Jo. Pour être sûr que la 215 arrive à bon port ?

Alfonso, l'assassin amoureux d'une putain ?

Au camp de Kanouri, elles récoltent un quart des salaires des clandestins. Un autre quart part en alcool. Des kilos d'or redescendent le fleuve dans les poches des prostituées. En bas, les flics de Regina prélèvent leur taxe, Sur les berges, des truands tendent des embuscades, tuent les orpailleurs au fusil mitrailleur. Les pirogues sont trouées d'impacts.

Qui ne le sait pas ?

Est-ce que Joseph croit m'apprendre quelque chose ?

Je sais que ça ne changera pas. Je travaille sur l'inutile.

Peut-être que c'est lui, au fond, l'enfant blanc du pays, qui voudrait que tout cela soit différent.

Des frangins tous plus fous les uns que les autres.

Des frangins morts dans cette forêt ?

À l'aube, quand je me lève, la première chose que je fais est de vérifier mon Baïkal. Je ne le lâche plus que pour tenir mes outils.

Préparer la 215, déballer le nouveau moteur.

Jo est sous sa bâche. Il boit et attend.

Je demande de l'aide à Alfonso, qui comprend tout ce que je lui dis et qui connaît la mécanique bien mieux que Jo ne le pense. Il connaît cette machine, il pourrait la conduire lui aussi. Il me passe les outils sans que j'aie besoin de demander, toujours au bon endroit et au bon moment quand j'ai besoin de lui. Pour autant, aucune complicité ne s'installe entre nous. Alfonso est un maître des distances. Quand je veux lui poser une question et que je me retourne, il n'est plus là. Quand Jo fait une crise de colère, Alfonso n'est jamais à côté de lui. Quand on parle de lui, Alfonso n'est pas là, il apparaît quand on l'a oublié. Parfois, il se fait oublier en étant assis à deux mètres de vous. L'art de la chasse. Jo, lui, le *Pavupapri*, n'a qu'une seule raison d'être : signaler sa présence le plus bruyamment possible. Il tourne en rond dans le campement, picole et braille, entame des soliloques sur son putain de pays bouffé par les clandestins, crache son venin sur tout ce qui respire et marche sur deux jambes en Guyane : fonctionnaires, ingénieurs de cette connerie de fusée, Créoles, Haïtiens, Surinamais, Métros, Brésiliens, orpailleurs et putains, flics et escrocs.

Il m'explique, pendant que je m'acharne sur la mécanique, que son pays n'était pas comme ça, avant ; la forêt, les Nègres qui connaissaient leur place, l'argent et l'or, les allocations familiales et le crack, Cayenne la pute et ses zones commerciales, ses supermarchés et suceurs de sang de Chinois qui ont mis la main sur tous les commerces. Les Jaunes le mettent particulièrement en rogne, qui bossent quinze heures par jour, toute la semaine, qui ne parlent même pas français et qu'on voit parfois sur les plages avec leurs crétins de bébés à face de lune, une heure, le dimanche. Il insulte les fainéants et ceux qui travaillent trop, ceux qui profitent du système et ceux qui le défendent.

Alfonso n'écoute pas, j'essaie d'en faire autant.

Dans la forêt, à cent kilomètres de la première petite ville, on n'entend que Joseph qui braille et crache.

À la fin de la journée, nous sommes prêts à descendre le nouveau bloc, mais la nuit tombe et je suis fatigué. Un mal de tête me fait plisser les yeux et j'attends que les derniers rayons du soleil disparaissent derrière les arbres.

Alfonso n'a pas eu le temps d'aller chasser. Nous réchauffons des boîtes de conserve, haricots rouges, que nous saupoudrons de farine de manioc.

Pendant le repas, le petit chasseur disparaît. Je reste seul avec Joseph et son rhum qui a fini par le calmer. À nouveau sa voix épaisse de fatigue, et l'heure où je dois être le plus prudent. Quand il en arrive là, plus aucune réflexion ne peut changer le cours de ses idées. Désagréable, mais peu inquiétant quand il déblatère, son silence en fin de journée ne me rassure pas. Mon fusil est là, mais je préférerais qu'Alfonso ne soit pas parti.

— T'es content de toi, hein ?

Je ne suis pas sûr de comprendre sa question.

— Ouais, ça avance bien.

Il crache. Un filet de salive reste collé à sa lèvre.

— J'te parle pas de cette connerie de machine. T'es content de toi, tu crois que t'es le pote du métèque ?

Il me regarde par en dessous.

— Je vois pas de quoi tu parles.

Je surveille ses mains et le .357 à sa ceinture.

— Tu crois que je vous ai pas vus, toute la journée, à vous foutre de ma gueule ? Me prends pas pour un con.

Je ne dis rien. Je ne tourne même pas les yeux vers le Baïkal. Joseph a posé sa main sur la crosse de son Magnum. Je n'ai jamais tiré sur un homme, jamais visé un homme avec une arme. Comme disait Jules : montrer un fusil pour que les choses soient claires.

— Qu'est-ce que vous préparez dans mon dos, hein ? C'est Jules qui t'a envoyé pour me remplacer ? Mais tu te plantes, le Blanc, tu peux pas faire ce boulot à ma place. Personne prendra ma place. Tu comprends ce que j'te dis ?

Je calcule mes chances, D'attraper mon fusil avant qu'il braque son pistolet sur moi. Je commence un compte dans ma tête. Jusqu'à trois.

Un.

Il me regarde, ses yeux ne clignent plus.

Deux.

Quelque chose change dans ses yeux. Il comprend que je suis prêt.

Quelque chose l'arrête.

Je ne compte plus.

Quelque chose m'arrête. Dans son regard, ou bien parce que je sens une autre présence.

Je ne le vois pas, mais je sais qu'Alfonso est là.

Les paupières du légionnaire descendent lentement sur ses yeux. Il bouge à peine, mais il s'est redressé, ses doigts ne touchent plus son arme.

Je n'entendais plus les crapauds et les grenouilles, mais ils sont à nouveau là et ils chantent de toutes leurs forces.

Alfonso apparaît dans le halo du petit éclairage de notre campement, souple, silencieux. Tout est redevenu normal. Jo boit à sa bouteille, le Brésilien remue les braises du feu. Quand l'eau boue, il y jette une poignée d'herbes et remue pendant une minute avec la pointe de son sabre. Il laisse ensuite refroidir et me tend le récipient.

— Pour le mal de tête. Trop de soleil aujourd'hui. Demain, plus de problèmes.

Je bois l'infusion, plus amère qu'une poignée de pépins, surveillant toujours Joseph. Mais le légionnaire a sombré dans une nouvelle aphasie. Sa tête, basculée en arrière, est appuyée contre la chenille de la 215. De sa bouche ouverte s'échappe un sifflement, qui tourne au ronflement.

Je remercie Alfonso pour la décoction et m'éloigne avec mon fusil jusqu'au hamac. Je les observe. Jo en train de dormir, Alfonso en train de nettoyer et ranger.

Les piqûres de moustiques sont moins nombreuses et les démangeaisons moins fortes. Ma peau se couvre de tous les parasites, odeurs et parfums qui éloignent les insectes. Sur la peau comme sur les arbres, la flore parasite de la forêt s'installe. Dans l'état de nerf où je suis, je ne comprends pas comment mes yeux peuvent se fermer aussi vite. Je suis pris de panique en repensant aux plantes qu'Alfonso m'a fait avaler. Je me tourne vers lui. Il me regarde en souriant.

Le noir tombe sur moi.

Je sursaute au milieu de la nuit. Je ne sais pas ce qui m'a réveillé. Je suis groggy et j'essaie de bouger, mais mon corps entier est lourd comme du plomb. Je m'emmêle dans les plis du hamac sans parvenir à m'en extraire.

Un coup de feu, puis un second, à quelques dizaines de mètres du campement. J'allume une lampe. Le lit de Jo est vide. Il est dans la forêt.

Trois tirs rapprochés. Il ne chasse pas au fusil, il tire avec son pistolet. Les détonations ricochent entre les arbres. Je me suis levé quand la voix d'Alfonso me surprend.

— Il faut pas y aller. Quand il fait ça, c'est dangereux.

— Qu'est-ce qu'il fait ?

— Il essaie de tuer des animaux.

— Il essaie ?

— Il peut plus.

La lumière de la lampe tourne devant mes yeux, je m'appuie à un arbre. Je reprends mes esprits et tends l'oreille dans la direction des tirs.

— Avec ce qu'il boit, c'est normal qu'il ne tue rien.

Alfonso rit, je me tourne vers lui. C'était un rire sarcastique et mauvais. Une nouvelle fois, le mépris du Brésilien pour le légionnaire se révèle.

— Il peut encore chasser. Les bêtes aiment bien les hommes saouls. Mais il peut plus tuer. C'est pour ça qu'ils m'ont embauché. Pour que je tue pour lui.

Cette fois, Alfonso est fier.

Dans la forêt, Jo est en train de vider une boîte entière de balles, de déchiqueter des arbres et des feuilles. J'éteins ma lampe frontale qui attire vers mon visage tous les insectes de la création.

— Ça arrive souvent ?

— Oui. Quand il rentre, il boit et il dort, alors je pars chasser et je ramène du gibier.

— Il ne tue jamais rien ?

— Jamais.

Je regarde le petit homme dont les yeux noirs accrochent l'éclat de lune. La seule lumière qui tienne à leur surface.

— Pourquoi il fait ça ? Pourquoi il essaie encore ?

— Parce qu'il a peur de vivre sans pouvoir tuer. C'est comme ça qu'on lui a appris, en Guyane et à la Légion.

Alfonso porte à sa bouche une bouteille sans étiquette, puis il me la tend. Un alcool de palme pauvrement distillé. La boisson est un vrai tord-boyaux. Je grimace et souffle. Alfonso sourit.

— Je mets dedans un peu d'écorce, ça va faire du bien, après les plantes pour le soleil.

— De l'écorce ?

— De l'Ivrée.

Il rit quand je lui rends la bouteille.

— C'est pas du poison. Si tu bois beaucoup, tu peux voir seulement les autres couleurs de la forêt.

— Quelles autres couleurs ?

Il rigole franchement.

— Jaune, violet, rouge.

Je frémis à l'idée de faire un mauvais trip au LSD local, en pleine jungle, avec Joseph pas loin de là, en train de tirer sur tout ce qui bouge.

Alfonso reprend une bonne gorgée.

— Il faut pas s'inquiéter. J'ai mis très peu.

Il y a encore deux coups de feu.

Alfonso se redresse, rebouche la bouteille et commence à s'éloigner.

— C'est fini, on peut dormir.

— Comment tu le sais ?

— Plus de munitions. C'est moi qui garde les autres balles, son pistolet est vide.

— Alfonso ?

— Si ?

— Pourquoi tu es là ? Jo m'a raconté une histoire, mais je le crois pas.

Il est presque hors de vue derrière la végétation, mais il s'est arrêté.

— Je sais pas ce qu'il sait, Jo. Mais peut-être qu'il a entendu la vraie histoire. On sait jamais, ici, ce que les gens ont entendu. Parfois ils savent, parfois ils croient qu'ils savent.

— Il dit que tu as tué des hommes et que la police te cherche dans l'Amata.

— Alors Jo, il sait quelque chose. Il connaît une histoire.

Des bruits de feuilles, qu'il fait sans doute pour que je les entende, me faire comprendre qu'il s'éloigne et que la conversation est terminée.

Quand Joseph retrouve la piste et marche jusqu'à la 215, je respire doucement et fais semblant de dormir. Sous l'effet de l'Ivrée, mes yeux se referment. Je me rendors en écoutant Joseph tourner sous sa couverture, cracher des insultes entre ses dents, en se traitant de con, de merde et de pédale.

Le moteur descend doucement dans son logement, à mesure que je tire sur la chaîne du palan. Alfonso guide le bloc qui se positionne sur ses fixations. Dans la cabine du tractopelle, Jo nous regarde faire, le menton dans les paumes de ses mains. Nous réinstallons les perches de bois et la bâche au-dessus de la pelle pour continuer le travail.

Dès que le moteur est en place, Joseph se lance dans la forêt avec le tracto et se met à dégager la piste en direction de Kanouri, recommençant à ouvrir le passage de la 215. Dans la cabine, je vois sa silhouette secouée par les chocs de la machine contre les arbres, tirant sur les souches, balayant les palmes. Les oiseaux s'envolent, les serpents fuient sous ses roues, le bois craque et éclate, les lianes s'emmêlent à la flèche, enrobent l'engin qui s'enfonce droit devant lui dans la forêt.

Le légionnaire a repris sa guerre contre son pays. Après une heure de cette furie, il a progressé de cent mètres et le bruit est moins fort ; je me concentre sur mon travail, assisté par Alfonso.

Il faut que je parte d'ici. Je ne suis pas de taille. Alfonso a sa place aux côtés de ce fou, je ne dois pas rester ici. Finir au plus vite.

Je m'attèle à l'inutile, ce qui se répare et s'assemble, pendant que devant moi le légionnaire entreprend de briser une autre machine. Je m'acharne, me racle les mains sur l'acier. La servilité du chasseur brésilien finit par m'oppresser, tout autant que la violence de Joseph. Qu'on me laisse seul avec ce moteur. Je lui dis que je n'ai plus besoin de lui maintenant. Alfonso ne répond rien. Il prend son fusil, son sabre, et avant de partir dans la jungle, il pose à côté de moi, sur la tôle jaune de la 215, sa bouteille d'alcool et d'écorce. Je fais non de la tête. Il sourit, laisse la bouteille là et s'éloigne.

Je plonge dans le moteur et finis d'installer la pompe à injection.

La pièce en place, je m'accorde une pause, assis sous la bâche secouée par un courant d'air apaisant. Je regarde autour de moi, pour voir si le Brésilien ne se cache pas là, pour me surveiller.

J'attrape la bouteille.

La première gorgée est âpre, l'alcool descend dans ma gorge, une vague de sueur coule de mon crâne à mon cou. Puis une douce impression de froid court sur ma peau.

Je reprends le travail.

La pompe hydraulique est en place et raccordée au réseau de la pelle.

J'ai bu la moitié de ce qui restait dans la bouteille. Je me sens bien.

Je fais le niveau du moteur avec l'huile de rodage, épaisse, que je regarde couler lentement du bidon. Je remonte le démarreur, le filtre à air et les collecteurs d'échappement.

Robuste, simple, ajustée, la mécanique est prête, la batterie branchée.

Je ne sens plus la chaleur, je bois à la bouteille. Tout se passe bien.

Je m'installe dans la cabine de la 215 de Jules, la machine de Jo et des boss, la bouteille d'Alfonso à la main. Je tourne la clef. Les voyants du tableau de bord s'allument, rouge et orange. J'appuie sur le contacteur. Le solénoïde se lance et claque, entraîne le démarreur. Courroies. Pompes. Injection. Carburant. Explosion. La 215 tousse et crache un premier nuage de fumée noire. Je la laisse tourner un moment, puis coupe le contact.

J'avale une longue gorgée en souriant.

La forêt change de couleur, la fin du jour approche ; les feuillages prennent des teintes de couchant, rouge et violet.

Alfonso est là, à la lisère de la forêt, qui me regarde, moi le Blanc qui se croyait chez lui, assis dans la cabine du Caterpillar. Son visage n'exprime rien, il observe la machine et son mécanicien. Une épaule contre un tronc, le fusil à terre, un jeune pak sur l'épaule, petit chevreuil de la forêt, viande tendre.

J'entends le tractopelle qui approche. Le soleil dans le dos, Joseph revient vers le campement. Son engin brille, inondé de rayons, plein de couleurs. Le légionnaire a les mâchoires serrées, il avance sans nous regarder, abruti, plein de tatouages qui courent comme des serpents sur ses bras. Le tracto pisse l'huile hydraulique chauffée à cent degrés.

Il coupe le moteur et reste sur son siège.

Je reste dans la cabine de la 215, en face de lui.

Alfonso est appuyé à son arbre, le fusil à ses pieds. Le sang du pak goutte sur le ventre du chasseur.

La nuit tombe.

La forêt est jaune. Des arbres rouges montent au ciel traversé par des couples de aras bleus.

La bouteille dans mes mains est vide.

Je descends de la pelleteuse réparée, un instant sans pilote. Tout s'est bien passé dans la forêt. Trois jours de travail. Le sol est mou.

Alfonso suspend le pak à un arbre et lui ouvre le ventre. Ses entrailles sont roses. Jo est à la glacière, il vide une bière d'un trait. Je fume assis sur une chenille. Le tabac brûle ma gorge sèche. Je me penche sur le bidon et bois une eau tiède au goût de plastique. Mes gestes sont lents. Je me redresse en attrapant mon fusil. Jo et Alfonso se déplacent beaucoup plus vite que moi.

Le feu crépite.

Autocombustion. Explosion de flammes sorties d'un bois dur et rouge, parfumé. Des morceaux de viande grésillent, piqués sur des branches taillées. Les couleurs disparaissent peu à peu et la forêt redevient noire autour de nous.

Nous n'avons pas parlé depuis longtemps. Je retrouve le sol, dur et chaud, parcouru d'insectes qui se jettent sur nos restes de viande.

Il y a de la colère et de la tristesse sur le visage de Joseph. Tous ces arbres qu'il arrache ne suffisent pas.

Ça ne suffit pas, Joseph. Tu es cassé. Je ne peux pas te réparer.

Alfonso est une belle mécanique. Il tue et il vit. Toi, légionnaire, tu pars droit devant toi dans ce pays qui n'est plus comme avant. Ta machine est réparée.

Je ne peux rien faire de plus pour toi.

Alfonso, lui, il peut. La machine n'a plus de pilote.

Le Brésilien est assis à l'écart, dans l'ombre de la lune, sous les branchages. Il nous regarde, les deux Blancs perdus.

Jules est un bon patron.

Qu'est-ce qu'il t'a dit, Jules ? Quels sont tes ordres, petit clandestin ?

Je pense à la carcasse du chevreuil jetée dans la forêt, déjà assaillie par les enzymes de la jungle, charognards en tous genres, mandibules luisantes, vers noirs aux anneaux épais, oiseaux, rongeurs et araignées, réconciliés autour du cadavre abandonné par les trois hommes.

Joseph vide une bouteille de rhum.

Est-ce que tu mets aussi des plantes dans les bouteilles du légionnaire, Alfonso ?

Tu prends soin de lui, toi l'homme d'honneur poursuivi par la police.

Tu as tué des putains ? Ta femme et son amant ? Tu as réparé une injustice, petit chasseur ?

Toi aussi, tu répares.

Tu sais comment réparer le légionnaire aux entrailles pourries.

La viande dans mon ventre absorbe l'écorce d'Ivrée. Je reviens lentement à mes deux compagnons. J'entends la voix de Jules, aussi : « Quand tu auras fini ton boulot, barre-toi de là-bas le plus vite possible. »

C'est toi, Jules, qui m'avais fait partir. Qui m'as fait revenir.

Jo dit :

— Arrête de me regarder, putain de métèque.

Alfonso ne dit rien. Il est assis dans le noir.

Mon fusil est à côté de moi, je ne m'en suis pas séparé, même en plein vol dans les couleurs.

Jo hurle :

— Baisse les yeux, le Nègre !

Il se redresse sur ses bras. Ses deux fusils sont là, son pistolet dans sa ceinture. Lui reste-t-il des munitions ? Le petit chasseur a-t-il des munitions dans les poches de son short rouge ?

Les bêtes saoules aiment les chasseurs. Elles vont à sa rencontre.

Jo se lève et avance de trois pas vers Alfonso.

— Barre-toi. Casse-toi dans ta forêt, le tueur de putes.

J'ai réparé le moteur, je peux partir, retrouver Stéphanie et les enfants.

Ta machine est prête, Alfonso. Tu peux repartir. Remplacer le légionnaire fou, comme te l'a demandé ton patron ?

Enfoiré de Jules.

Tu te lèves, Brésilien.

Légionnaire, tu hurles comme une bête sans dents devant un fauve.

Tu as ton sabre, petit chasseur. Et ton fusil.

J'ai mon fusil à portée de main.

Joseph fait un pas. Alfonso entre dans le halo de lumière.

Je m'en fous, le moteur est réparé. Mon fusil est à portée de main. Un petit homme me l'a réparé dans la forêt.

Jo fait un autre pas. Alfonso le regarde et avance.

Mon fusil est dans mes mains.

Les enfants sont nés ici.

Il neige en métropole.

———

11848

Composition
NORD COMPO

Achevé d'imprimer en Slovaquie
par NOVOPRINT SLK
le 27 février 2018.

Dépôt légal : mai 2018.
EAN 9782290147641
OTP L21EPNN000398N001

ÉDITIONS J'AI LU
87, quai Panhard-et-Levassor, 75013 Paris

Diffusion France et étranger : Flammarion